Minda-Au

Marcio Renato dos Santos

Minda-Au

EDITORA RECORD
RIO DE JANEIRO • SÃO PAULO
2010

CIP-BRASIL. CATALOGAÇÃO-NA-FONTE
SINDICATO NACIONAL DOS EDITORES DE LIVROS, RJ

S236m Santos, Marcio Renato dos
        Minda-Au / Marcio Renato dos Santos. – Rio de Janeiro:
        Record, 2010.

        ISBN 978-85-01-09016-4

        1. Conto brasileiro. I. Título.

10-2530   CDD: 869.93
                                     CDU: 821.134.3(81)-3

Copyright © Marcio Renato dos Santos, 2010

Capa: Carolina Vaz

Texto revisado segundo o novo Acordo Ortográfico da Língua
Portuguesa

Direitos exclusivos desta edição reservados pela
EDITORA RECORD LTDA.
Rua Argentina 171 – 20921-380 – Rio de Janeiro, RJ – Tel.: 2585-2000

Impresso no Brasil

ISBN 978-85-01-09016-4

Seja um leitor preferencial Record
Cadastre-se e receba informações sobre
nossos lançamentos e nossas promoções.

Atendimento e venda direta ao leitor
mdireto@record.com.br ou (21) 2585-2002

Minda-Au, contam o meu pai Luiz e a minha mãe Júlia, foi a primeira, talvez a segunda, no máximo a terceira palavra que falei. Minda-Au foi a tradução que encontrei, com menos de 1 ano, para um dromedário de um quadro que a minha avó, Diva, inventou. A partir de Minda-Au eu comecei a me tornar Marcio Renato dos Santos.

SUMÁRIO

Sub   9

A guitarra de Jerez   19

O espírito da floresta   29

De Teletransporte nº 2   43

Os homens sem alma   53

Pra quem busca uma nova vida (ou Cinco meses em Porto Alegre)   61

Ali, agora   71

Sub

Chove em Curitiba e isso é problema para Edward. Na Rua XV, em menos de cinco minutos, dezenas de sujeitos surgem a oferecer guarda-chuvas pelo preço de refeição popular. Carros saem das garagens e circulam nas, ou sobre as, ruas. Aumenta o faturamento dos taxistas. Bueiros inundam e isso é de fato problema para Edward. Ele vive embaixo das ruas de Curitiba. Não tem endereço fixo. Já morou no Champagnat. Passou temporada no Portão. Invernos no Alto da Glória. Meses de estiagem no Centro Cívico. Hoje, quinta-feira quente, nublada e com precipitação atmosférica, como foi anunciado ontem à noite num telejornal, está no Centro. E talvez este seja o seu último dia no bairro.

Ratos, baratas e outros animais em movimento horas antes chamaram a atenção de Edward. Mas ele adormeceu sobre o colchão. No sonho lembrou que seu pai dizia preste atenção na natureza. A mãe falava jamais despreze a intuição. O avô paterno sugeria desconfie da opinião dos homens. A avó materna repetia somente as ações humanas poderiam confirmar algo, jamais as palavras. Há muito Edward não tinha contato com a superfície. E faz tempo não sonhava nem recordava os familiares, hoje todos abaixo da terra, mortos. Edward acorda com fome. Olha ao redor. Nenhuma comida. E água a escorrer pelo chão.

Edward descansa o corpo num colchão do beliche. Às vezes se deita na parte superior. Em outras situações, como agora, embaixo. No colchão desocupado deixa o fogareiro, a garrafa térmica, a garrafa de plástico onde guarda água, o prato, os três talheres, o copo, algumas peças de roupas e os dois livros. Um exemplar da *Bíblia*. E o livro das *Mil e uma noites*. Na superfície a sua sobrevivência tinha relação com livros, sobretudo com a leitura. A vida entre os homens o aborreceu, e isso incluiu sujeitos similares a uma nota de cinquenta dinheiros sem valor. Hoje esse assunto nem passa mais pelo imaginário de Edward. Há claridade no local onde vive. E horários para leitura. Já leu muitas vezes, conhece os dois livros. E em meio a uma rotina que envolve voto de silêncio, ele rompe o pacto pessoal e verbaliza fragmentos das obras. Edward está deitado e busca na memória algum trecho dos livros que o ilumine. Tem de tomar uma decisão. O nível da água que escorre parece aumentar.

A fome. Edward precisa comer. Mas não tem comida. A água a escorrer pelo chão. Edward precisa fazer algo. Mas não surge nenhuma ideia. Ele pensa. Mas boceja. Prefere adiar qualquer ação. Na superfície ele tinha agenda cheia, compromissos seguidos, decidia outros futuros em segundos. Embaixo das ruas de Curitiba Edward tem presente e muitos passados. Houve família, dinheiro, costumes, propriedade, contatos e outras redes. Agora só há a manhã, a tarde, a noite, a madrugada. Se quiser pode passar 24 horas deitado. Se tiver água e comida consegue prolongar em até mais de 24 horas o não movimento. E se não fosse pela água que escorre no chão continuaria por mais tempo deitado no colchão do beliche. Mesmo e apesar da fome.

Edward perdeu o documento de identidade. Em outra enchente. Mas no subsolo ele não precisa. De nada. Muito menos de identidade. Embaixo das ruas de Curitiba ele não é. Não tem de fazer e não precisa provar. Nada. Apenas existe. Não precisa comprar. Nada. Não precisa. De nada. Tem noites em que sobe até a superfície em busca de comida. Nos lixos. Consegue água. Em fontes e rios. Já teve de fugir. Da polícia e outras guardas. Em diversas situações. Também perdeu o CPF. Abandonou família, carreira, empresa. Foi em busca do destino. É foragido. Clandestino. Foi batizado Edward. Ainda lembra do nome. Mas não é mais chamado assim. Por ninguém. Talvez nem seja mais Edward.

A água escorre pelo chão. Mas Edward ainda não decidiu. Nada. Nem pensou. Em nada. Se sair, leva apenas os livros. Os outros objetos ficam. Isso já aconteceu. E acontece quando precisa mudar de endereço. Pode talvez esperar a água subir e baixar. Assim continua na mesma, no mesmo local. Colchão úmido por uns dias. Mas logo seca. E tudo volta. Ao que é. Ao que era. Edward teme que seja uma estação de chuva, outra temporada que não pode ficar onde está e sim num novo canto da galeria subterrânea de Curitiba. A água escorre pelo chão. Edward sente que precisa fazer algo. Agora.

Edward levanta. Sai da cama. Não leva nada. Caminha. O nível da água que escorre pelo chão subiu e cobre os pés de Edward. Papéis, filtros de cigarro, plásticos, madeiras e vidros se fazem obstáculos para os passos dele. Escorre água por alguns buracos da rua. Edward anda e se molha. E totalmente molhado ele vai chegar no ponto em que essa galeria se encontra com um rio curitibano. Edward não quer mas talvez seja necessário entrar no rio. Edward não quer mas talvez tenha de voltar para a superfície. Pelo menos enquanto chove. Há casas abandonadas na região. Tudo menos atravessar a madrugada na rua. Agentes do serviço social podem pegá-lo. Tudo menos dormir numa dessas casas comunitárias do poder público. Mas Edward tem outra prioridade. Precisa comer.

Uma boca de lobo. Eis a passagem do subsolo para a superfície. Edward caminha. Em uma rua do centro de Curitiba. Para diante de uma lata de lixo. Macarrão, carne, alface e outras possíveis sobras de um provável almoço. Ele pega a comida. Com as mãos. E come. Ali mesmo. Na rua. Em pé. Enquanto mastiga lembra. Do tempo em que vivia numa casa. Do tempo em que tinha família. Do tempo em que era empreendedor. Do tempo em que até desperdiçava comida. Do tempo em que havia excesso e podia até mesmo recusar uma refeição sem tempero. Do tempo que acabou, e agora também já comeu restos que outros recusaram mas que são o combustível para ele seguir. Chove em Curitiba. E Edward está todo molhado.

Edward pula um muro. A poucos passos, uma casa abandonada. Já ultrapassou o limite que um dia teve uma porta. Goteiras. E ele encharcado. Tira a camiseta. E torce. Tira os sapatos. Tira a calça. Torce. E lembra que num passado sem volta houve uma casa que era dele. Chuveiro a gás. Cama. Lençóis. Travesseiros. Cobertores. Roupa limpa e seca. Agora apenas paredes e cômodos vazios. Talvez outros desabrigados também venham a se esconder a qualquer instante. Edward caminha vestindo cuecas. Há colchões num dos possíveis quartos. Garrafas de plástico. Vazias. E goteiras por toda a casa. Poderia fazer uma fogueira. Mas isso chamaria atenção. E chamar atenção é tudo que Edward não precisa nem quer.

Caminhar. Edward pisa com os sapatos na rua. A calça e a camiseta estão úmidas. E devem encharcar daqui a cinco, seis, sete quadras. Garoa em Curitiba. Há filas de carros nas avenidas do centro. E gente a circular nas calçadas com guarda-chuvas. Colisões.

Nas avenidas. Nas calçadas. Sirenes de ambulância. E silêncio. Caminhar. Até que o corpo não aguente mais. A decisão de Edward. O beliche, os colchões, os objetos e até os dois livros já estão no que se foi. O único risco é ser detido. Pela polícia. Nem pensa nisso. Caminhar. Invisível. Até outro bairro. Ou mesmo outra cidade. Caminhar.

Edward está na Rua XV. Vê uma mulher. Parece aquela que por muitos dias e noites foi a sua esposa. Ela olha para ele. Ele olha para ela. E segue. Um, dois, três, quatro, cinco, seis, sete passos. Um homem. Parece um sócio que Edward teve em um empreendimento. Edward vira o rosto. E segue. Outros passos. E outras pessoas que ele parece ter conhecido em outros passados. Edward. Uma voz pronunciou o seu nome. Ele acelera os passos. A chuva aumenta. Edward caminha. E olha. Há vitrines. Há produtos. Há ofertas. Ele não tem dinheiro. Há agências de viagem. Edward pensa que não tem destino. Edward já não está mais na Rua XV.

A chuva aumenta ainda mais em Curitiba. Edward segue. É um dos poucos a circular sem guarda-chuva. Caminha em uma rua do Batel. Passa em frente à casa onde morou com a esposa e os filhos. Pensa em parar.

Não para. Neste momento uma locutora anuncia em uma rádio que a chuva deve continuar a cair na cidade. Edward não escuta a notícia. Supõe apenas que terá de atravessar a noite até a madrugada e a manhã seguinte embaixo de uma rua distante de onde está agora. Até lá não vai pensar em nada. Nem que a fome deve chegar. Nem que as suas roupas estão encharcadas. Nem que não tem mais colchão. Nem que abandonou os seus dois livros. Nem mesmo que o inesperado pode acontecer daqui a poucos passos.

A GUITARRA DE JEREZ

Nunca toquei a guitarra que está na sala do meu apartamento. Ninguém mexeu nela. As pessoas que me visitam não tiram os olhos. Músicos desejam manuseá-la. Crianças querem tocar. Não deixo. Amigos estranham que eu não me aproxime da guitarra. Sou guitarrista. Agora atuo no aparelho burocrático do estado. Mas isso não justificaria o não uso do instrumento. Digo por aí que temporariamente abandonei a música. Nem a senhora que faz a limpeza chega perto. Anunciamos que é uma relíquia, o que de fato é. Comunicamos que é mero objeto de decoração, o que atualmente também é. Apenas eu e a minha mulher sabemos a história dessa guitarra.

Há algumas décadas Ramón Hernández encomendou uma guitarra, a mesma que hoje está na sala do meu apartamento. Hernández é uma lenda. Mas ele existiu. Nasceu e permaneceu todos os seus 66 anos em Jerez, no sul da Espanha. Há quem o considere o maior guitarrista flamenco de todos os tempos. Não há provas documentais da sua existência. Nem gravações de suas performances. Outros guitarristas, desafetos de Ramón, ficaram para a história como os grandes personagens flamencos. Moradores de Jerez comentam o que os antepassados comentavam: o guitarrista gostava de tocar em casa e poucas vezes se apresentou em público. Costumava ingerir bebida alcoólica todos os dias. Ramón Hernández se suicidou.

Mulheres dançavam. Mulheres suspiravam. Mulheres sorriam e se entregavam a Ramón Hernández. Ele nem precisava tocar. O jeito de sentar e segurar a guitarra seduzia. Tocando, então, era irresistível. Casou. Teve filhos. Com a esposa. E com outras mulheres. Ruas do bairro onde viveu foram povoadas por seus descendentes. Nunca teve dificuldade financeira. Mesmo com os gastos excessivos. Com mulheres. Com filhos. Com vinho. Teve saúde. E sanidade. Até encomendar a guitarra.

Ramón Hernández se enforcou dois meses após receber a guitarra feita sob encomenda. Antes, perdeu o apetite. Passou a ter insônia. Se endividou. Teve a casa assaltada. Sua mulher fugiu com um vizinho. Enfartou. O lado direito do corpo ficou paralisado durante duas semanas. E a guitarra, feita com madeira aproveitada de caixão funerário, ficou parada num canto da casa. Um jornal noticiou que ele morreu de parada cardíaca, mas em Jerez todos sabiam e ainda sabem que foi suicídio.

Meses depois da morte de Ramón Hernández, a guitarra estaria na vitrine de uma loja de Madri. Jimenez Martin pagou mil dólares pelo instrumento. E a partir disso teve quarenta dias e quarenta noites de reconhecimento público. Na época, Martin vinha sendo apontado como a revelação da cena flamenca, e com a guitarra de Ramón se afirmou como guitarrista. Passou a ser convidado e se tornou atração fixa no tablado Las Carboneras. Também se tornou amante de uma das mais talentosas *bailaoras madrileñas*, Juana Pentenado. Ela estaria, mesmo sem saber, grávida de Jimenez Martin quando ele foi encontrado, antes de um show, sem vida no camarim do Carboneras. Tinha 31 anos.

Pablo de Córdoba, garçom do tablado Las Carboneras, foi o primeiro a ver o corpo de Jimenez Martin sem vida. Mas Pablo não avisou a ninguém. Foi visto, por mais de cem pessoas, caminhando com a guitarra por algumas ruas madrileñas. Pelo menos foi assim que um jornal espanhol noticiou o fato no dia seguinte. Pablo seria atropelado por um ônibus, encaminhado para um hospital e entraria em óbito, vítima de hemorragia em meio a uma operação de emergência. A guitarra não sofreu nenhum dano, e foi recolhida pelo departamento de polícia de Madri. O policial que transportou o instrumento da rua até o quartel levaria um tiro na cabeça durante uma blitz, naquela mesma noite, entrando em estado de coma profundo.

Bebo tinto seco cabernet sauvignon enquanto olho a guitarra. Ela está na sala do meu apartamento há mais de um ano. Até agora, não tive nenhum problema mais sério além dos impasses permanentes da vida. As coisas seguem. Estou vivo. Tenho saúde. Mas também não encostei na guitarra. Transportei o instrumento de uma loja até aqui usando luvas. Apenas precaução. Minha esposa sabe da história, não acredita mas não chega perto. Se alguém mexeu, nem sei. Miro e flerto com esse objeto e meus dedos ficam com vontade de soar música. Penso em canções só de olhar essa guitarra. Mas não me aproximo. Não tenho medo, mas pra que arriscar?

Muitos ficaram sabendo o que passou a ser chamado de a maldição da guitarra de Jerez. E, mesmo assim, não hesitaram em tocar o instrumento. É difícil afirmar se o que se comenta aconteceu ou é lenda. O fato é que dezenas de músicos morreram depois de um único contato com a guitarra. Houve quem, a exemplo de Manuel Torres, usasse o instrumento por anos mas, fatalmente, viesse a falecer. Na Espanha há quem diga que tudo não passa de coincidência. Que morrer todo mundo acaba morrendo. É praticamente impossível reconstituir a trajetória da guitarra e citar o nome de todas as pessoas que tiveram contato com ela. Um estudante de história tentou fazer uma dissertação de mestrado sobre o assunto, mas morreu antes de concluir o trabalho. Um raio o atingiu. Ele estava sentado na beira de um lago. Em Jerez.

Durante quase uma década ninguém soube o paradeiro da guitarra de Jerez. Posteriormente, surgiu a informação de que o instrumento permaneceu no sótão de uma casa em Granada. Um músico amador, não identificado, comprou a guitarra e se suicidou. A família do jovem decidiu alugar a casa como ponto comercial. Relojoaria. Aviário. Salão de beleza. Escola infantil. Açougue. Nenhum negócio prosperou. A guitarra seguia trancada num quarto do piso superior daquela casa, até ser encontrada por Manolo Vargas, um sujeito desempregado contratado pelos proprietários do imóvel para fazer a limpeza. Vargas se apropriou do instrumento e o negociou em uma feira de rua em Granada. Ao que consta, Manolo Vargas não sofreu nada pelo contato com a guitarra, excetuando um inexplicável e incurável sonambulismo. A guitarra foi comprada por Carmen Barbeiro que, em seguida, atravessaria o oceano Atlântico. Dentro de um navio. Acompanhada do instrumento jereziano.

Pedro Mercê conheceu e se apaixonou por Carmen Barbeiro durante a viagem de navio da Espanha até o porto de Santos. Dormiram juntos já na primeira noite sem que um soubesse o nome do outro. E quase não saíram do quarto-cabine. Até as refeições eram feitas na cama. Pedro não conseguia deixar de olhar para Carmen. Apenas em alguns momentos desviava o olhar dela para permanecer durante minutos a contemplar a guitarra de Jerez. Abandonar a esposa e a família seria a sua primeira ação em terras brasileiras. Posteriormente, viveria uma temporada com Carmen e gastaria todo o dinheiro acumulado durante décadas de trabalho e privações. Meses depois, o corpo de Pedro e o de Carmen seriam encontrados sem vida ao lado daquele instrumento.

A guitarra de Jerez passou por várias mãos no Brasil. De violeiro do pantanal mato-grossense a ídolo de matinê paulistana. De roqueiro gaúcho a compositor de samba em Curitiba. De líder de grupo de maracatu pernambucano a repentista radicado no Rio de Janeiro. Todos esses brasileiros, e outros, foram vítimas da maldição do instrumento musical. A exemplo do que aconteceu em território espanhol, uns morreram subitamente. Outros se tornaram alcoólatras, viciados em cocaína ou dependentes de outros vícios, e ainda insones, antes de morrer. No Brasil, alguns sujeitos que manusearam o instrumento se jogaram de prédios ou pularam na frente de trens. Lenda ou não, uma temporada a tocar a guitarra de Jerez se tornava sinônimo de sentença da qual ninguém escapou. Ou, se escapou, não há ao menos um relato escrito.

Há dezessete meses, fui até uma loja no centro da cidade. Meu plano era voltar com uma guitarra Fender, Gibson ou Ibañez. Mas um vendedor me mos-trou aquele instrumento construído artesanalmente em Jerez. Eu já tinha ouvido falar. Conhecia a lenda. Comprei. Recebi de presente um par de luvas para não segurar diretamente. O vendedor ainda disse que, se eu quisesse, poderia devolver. Mas não devolvi. E desde então fico com vontade de tocar. Ainda não toquei. A guitarra de Jerez me desperta ideias musicais. Não sei até quando vou resistir. Hoje é sábado. Minha mulher saiu. Não tem mais ninguém por aqui. Por que não tocar? É o que vou fazer. Agora.

O ESPÍRITO DA FLORESTA

Ele continua por ali, por aqui, apesar de quase ninguém ver. Asfalto. Casas. Prédios. Barracos. Luz elétrica. Automóveis. Fumaça. Resíduos. Humanos a caminhar. Humanos parados. Humanos empilhados. E sem tempo. Humanos nos templos. Humanos pagãos. E ele continua. Onipresente.

Há quem não acredite. Há quem desconheça. Há quem desconfie. Há pouco, se fez presente.

Escuridão. Gritos. Deslocamento de corpos? Gritos. Movimentação de corpos? Gritos. Gritos? Gritos. E, então, silêncio. Madrugada no centro da cidade.

Perto dali, Marisa acorda. Olha para o rádio relógio. 3h16. Levanta-se. Caminha do quarto até a sala.

Décimo primeiro andar. A janela está aberta. A névoa não falhou. Encobre a cidade. Uma, duas, talvez três lâmpadas acesas em prédios vizinhos. Nenhum automóvel nas ruas. Nenhum humano a circular. Marisa vai até a cozinha. Abre a porta da geladeira. Fecha a porta da geladeira. Caminha em direção à sua cama. Deita. E, após alguns minutos, já está dormindo.

Foi Ana, a avó de Marisa, quem começou a falar. No final de uma tarde de domingo. O espírito da floresta? A neta comentou uma notícia de jornal. A avó disse que acreditava no espírito da floresta. Mas o telefone tocou. Era uma amiga. Iria num bar. Convidou Marisa. A neta e a avó deixariam aquele assunto para outro dia.

Um musical celta. Garrafas de cerveja. Música eletrônica. Tragos de Marlboro. Mesas e cadeiras. Risadas. Gente a circular. A falar. Teatro. Marisa e Rafaela conheceram um bar, três ambientes, no centro histórico. Canções celtas a soar no primeiro piso. O corpo de Marisa tem vontade de dançar. Mas não dança. A música celta entra em Marisa. Vem do violino. Da flauta. Da percussão. E dos vocais. Ela não sabe o que as letras dizem. Mas parece saber o que a musicalidade sugere. Algo que gostaria de experimentar. E que ainda não fez. Algo que precisa saber. Mas no momento não sabe. Horas depois, Marisa está no apartamento, onde vive com a avó. A música celta repercute em Marisa.

Um advogado da cidade perdeu um dos três filhos quando um prédio desabou no litoral. Um ano antes, a filha abandonou a casa para viver com uma amiga da faculdade. E o filho mais velho foi morar com uma cigana. Há quatro dias, o jurista foi encontrado sem vida. Na cadeira do escritório. A polícia desconhece a causa. Marisa comentou a notícia. A avó, Ana, disse que o acontecimento tem ligação com o espírito da floresta. Marisa lembrou que a sua avó havia mencionado a mesma expressão outro dia, mas estava quase no horário de um programa, e ela, Marisa, ligou a televisão.

Marisa dentro da cabine de um balão. As ruas, os carros, as pessoas e, sobretudo, as árvores. Curitiba lá embaixo. De repente, uma parede de prédios. Marisa abre os olhos. Está sentada no sofá. Diante da televisão. Escuta uma freada. Lá fora. Levanta. Vai até a janela. Um carro bateu em uma árvore. Sai do apartamento. Desce pelo elevador. Já está na rua. Caminha até o local em que houve o acidente. Há pessoas ao redor. O socorro chega. Alguém comenta que o motorista parece estar sem vida. Outra voz informa que a vítima é parente de um político. Os médicos retiram o sujeito do automóvel. O veículo de resgate liga a sirene e sai. Escurece na cidade. Marisa passa em uma padaria, compra algo e caminha em direção ao prédio. Está dentro do apartamento. Sem fome. E sem sono. Ao entrar em seu quarto, lembra de algo que a sua avó havia comentado. O espírito da floresta. O que seria isso?

Oito horas, de segunda a sexta-feira, dentro de um laboratório de manipulação. Desta maneira Marisa ganha dinheiro. Formou-se em farmácia na Universidade do Paraná e, imediatamente após concluir o curso, entrou na pós-graduação. Foi uma professora do mestrado quem a indicou para a empresa. Marisa divide as despesas com a avó. Faz aplicações consideradas conservadoras. E ainda sobra dinheiro para viajar nas férias. O trabalho, na realidade, funciona como um intervalo. No laboratório pensa apenas nas tarefas profissionais. A vida fica do lado de fora. Antes de entrar. Depois de sair. Não usa o telefone para tratar de nenhum assunto que não esteja relacionado com os interesses do laboratório. Realiza o que tem de realizar. Com elevada margem de acerto.

Cinema. Televisão. Bar. Televisão. Academia. Televisão. Internet. Televisão. Telefone. Televisão. Shopping center. Sobra pouco tempo, realmente livre, para Marisa. Ela pensa e elabora algo interno apenas quando caminha pelas ruas de Curitiba. Do apartamento até o laboratório. Do laboratório para o apartamento. Trajeto de cinco minutos. As outras atividades, todas, acabaram com o silêncio. Mas uma ideia, aquela, da avó, passou a seduzir e a incomodar a neta. Até nos sonhos. Numa noite, a avó entrou no quarto da neta e percebeu que Marisa estava hipnotizada diante de um programa de televisão. Ana se posicionou entre Marisa e a tevê. Desligou o aparelho. E disse que precisava conversar.

Marisa desmarcou compromissos. A previsão do tempo anunciava céu azul e sol. Ela acordou cedo e antes das nove da manhã do sábado já estaria a caminhar no Parque Barigui. E, logo nos primeiros passos, o espírito da floresta tomou conta dela, ao menos enquanto ideia. A avó havia dito que muito do que acontece, em todos os lugares, tem relação com o espírito da floresta. Dos acidentes no centro da cidade até outros acontecimentos que se fazem notícia nos jornais. Até mesmo, e sobretudo, a tragédia na BR-101, que tirou a vida do pai e da mãe de Marisa. A neta discordou da avó e argumentou que tal raciocínio seria apenas mais uma maneira de transferir o nome Deus para outra expressão. Ana, a avó de Marisa, insistiu. Disse que o espírito da floresta é outra coisa. Outro fenômeno. Naquela noite, Marisa não conseguiu dormir. Ficou a pensar no assunto. Até o dia seguinte. Sem parar.

Marisa caminha. E, ao encadear os passos, também articula ideias e consegue, mesmo minimamente, organizar o que pensa. Parada, sabe que é fácil encontrar distração ou inserir algum obstáculo ao que ronda o seu imaginário. Agora, em movimento, não. Mesmo ao olhar ao redor. Neste momento, mira um capão de mata, o que estimula aquilo que programou pensar. Numa das margens da pista de caminhar tem um matagal. Ali, em meio ao verde, ouve ruídos. Ali, o espírito da floresta deve se fazer presente. Mas a sua avó acredita que o espírito da floresta se manifesta no asfalto, em alto-mar e mesmo nas altitudes. Marisa caminha pelo Parque Barigui. Ou estaria no Jardim Botânico? Não poderia estar no Parque São Lourenço?

Ou isso tudo não é apenas mais um sonho? De repente, Marisa se lembra que a sua avó, Ana, afirmou: o espírito da floresta é implacável, aleatório e irreversível. E, geralmente, fatal.

Gás vaza e provoca explosão no prédio. Comerciante é assassinado ao reagir a assalto. Pais morrem no lugar do filho que se envolveu em discussão. Empresária é sequestrada no estacionamento de shopping center. Vagão descarrila e 13 passageiros ficam feridos. Marisa está a ler manchetes de um jornal? Ou sonha? A sua avó comentou que o jornal também é um informe do espírito da floresta. Marisa não tem certeza se leu, observou ou estaria sonhando com os acontecimentos. Afinal, há pouco, estava novamente dentro de um balão, a sobrevoar Curitiba e, inesperadamente, surgiu uma parede de prédios? Sonho? E na semana passada? Houve uma explosão no laboratório, na sala em que ela trabalha. Marisa escapou. Tinha ido ao banco pagar uma conta atrasada. E naquele fim de semana? Qual? Aquele, quando passou por um carrinho de pipoca, olhou, ficou com vontade, mas, em quatro segundos, o desejo se foi. Cinco minutos depois, ou menos, o cilindro de gás explodiu e matou o pipoqueiro e uma cliente, de 31 anos — a mesma idade que ela, Marisa, tem. Ana, a avó de Marisa, insiste que tudo isso são manifestações do espírito da floresta. Marisa não tem certeza nem se está dormindo ou se já acordou.

O gosto da maçã. Ou de manga. Ou ainda das uvas. O sabor da água. De sorvete de morango. De vinho tinto cabernet sauvignon. Ou a sensação de ouvir música. Uma noite de sono. O despertar. Uma caminhada à beira-mar. O sol a desaparecer no horizonte. A tevê desligada e as estrelas na noite. A chuva depois da estiagem. Ana, a avó de Marisa, disse que essas coisas, que alguns chamam de boas, também têm ligação com o espírito da floresta. Marisa e Ana circulam pela praça onde está sendo realizada uma feira de livros. Diante de uma das barracas, a avó comenta com a neta que os livros são uma das manifestações máximas do chamado espírito da floresta. Porque são feitos de árvores, transmitem ideias e permanecem. Marisa já não sabia mais o que pensar a respeito do que a sua avó falava. Elas sentaram em cadeiras, ao redor de uma mesa, ali mesmo na praça. E ficaram a olhar. Gente que caminha, possivelmente, em direção do trabalho. E gente sem trabalho em movimento. Um casal que deve ter se unido há pouco. Outro casal que pode vir a se separar em breve. Alguém com sobrepeso. Alguém abaixo do peso. Homens com passos decididos. Homens a hesitar diante do próximo passo. Ana olhava para Marisa. E parecia dizer, mesmo em silêncio, que aquilo tudo, sim, tem alguma ligação com o tal do espírito da floresta.

Marisa circula pelo centro de Curitiba. Está na Rua XV. Saiu do apartamento, atravessou a Praça Osório. Segue em direção à Praça Santos Andrade. Então, vira à direita na Marechal Floriano Peixoto e, em seguida, à esquerda na Marechal Deodoro. Não estaria no centro de Porto Alegre? Poderia estar em Londrina? Ela para. Será que é mais um sonho? Há três, quatro minutos recebeu a informação de que a sua avó é portadora de uma doença rara. Ana tem previsão de viver ainda, no máximo, um ano. E, ao comunicar a notícia para a neta, a avó ressaltou que este novo fato, também, tem relação com o espírito da floresta. Portanto, a avó completou, não adianta lutar contra. Marisa caminha pela Marechal Deodoro e planeja continuar até o Alto da Rua XV. Já está na Nossa Senhora da Luz. E, então, vê uma parede de prédios. Não seria a mesma imagem com que se deparou ao estar dentro de um balão? Mas aquilo foi num sonho? Um sonho que se repetiu? Algumas lâmpadas se acendem em alguns postes. Logo, será noite. Marisa precisa voltar para o apartamento.

Uma viagem. Ou um sonho? De Curitiba para São Paulo. Marisa teve, ou sonhou que teve, compromissos profissionais. E, durante a estada, ou o pesadelo?, o crime organizado promoveu ações na capital paulistana. A avó telefonou à neta pedindo para ela ter calma e, ainda, comentou que aquilo tudo tinha, também, conexão com o espírito da floresta. Ônibus foram incendiados. Houve tiroteios. Policiais, civis e bandidos morreram. São Paulo parou. Marisa conseguiu, ou sonhou que conseguiu, resolver o que precisava ter resolvido. E voltou para Curitiba. Ou acordou? Os dias, as noites, os meses e os sonhos seguiram.

No final de uma tarde de domingo, Marisa chegou ao apartamento acompanhada de um rapaz. Paulo. Este é o nome dele. Ana, Marisa e Paulo se sentaram nos sofás da sala. Ana, ao comer os doces que Marisa trouxe, reparou nos pés de Paulo. Deve calçar número 43 ou 44. Os olhos, as mãos e o nariz também se revelaram, comparados com a média, muito grandes. O rapaz deve ter quase 1,90m. E, quando ele foi morder um pedaço de bolo, Ana não deixou de constatar que o gorro de moletom que a neta vestia era vermelho.

DE TELETRANSPORTE Nº 2

O carro segue e não sei dirigir e o copo com vinho estava em cima da mesa e uma luz a piscar no prédio ao lado e ouço uma canção do hemisfério sul mas nada impede que o automóvel siga numa avenida de uma grande cidade e atrás do volante eu sujeito ou objeto que não aprendeu não sabe e jamais conseguirá dirigir e não sei nem saberei dirigir nada muito menos um carro e o carro segue — como segue se não piso no acelerador e não sei trocar marchas muito menos conduzir o volante? — e um outdoor anuncia água mineral com gás e me faz esquecer esse problema que parece aquele sonho recorrente eu atrás de um volante de um carro em movimento — eu que não sei dirigir nada.

E agora nem sei se é sonho ou se acontece e parece que um passado que já foi e não tinha mais volta voltou e querem roubar tudo que é o pouco que tenho no presente e são seres que não têm passaporte nem estrada para chegar aonde estou chegam e revelam fatos que podem ruir o chão por onde caminho e que parecia me levar a um futuro qualquer que fosse e penso em matar esses sujeitos que desejam me prejudicar mas não tenho revólver nem balas e se tivesse não ajudaria porque não sei atirar apesar de dizer que já atirei e até matei e se não tenho arma poderia tentar bater nesses sujeitos mas eles são mais velhos que eu mas eram mais velhos no passado e hoje tenho a mesma idade que eles tinham e sou mais forte apesar de não saber lutar nem atirar nem dirigir um carro e novamente estou atrás do volante de um carro em movimento.

O carro segue e estou atrás do volante e ao meu lado uma mulher que trabalha em uma casa lotérica diz que ninguém ganha os prêmios e que os jogos são mesmo de azar e apenas ela tem sorte porque escapa dos muitos assaltos que acontecem onde trabalha e talvez eu também tenha alguma sorte porque agora o carro onde estamos ultrapassou dois veículos e não sei dirigir e também não sei se isso é sonho delírio ou acontece e a mulher recebe o dinheiro das apostas mas não tem moedas para o ônibus e foi por isso que pediu carona e parei o carro e ela entrou e seguimos e ela mora perto de um vulcão em bairro distante de onde estamos e eu disse tudo bem que te levo até o portão da sua casa e ela falou foi muita sorte eu ter parado o carro ou então ela teria de caminhar mais de vinte e dois quilômetros e agora está escuro o sol se foi e chove e tem neblina na estrada e não enxergo nada em frente e a luz do carro também apagou.

E o carro parou caminho e então é carnaval luzes a piscar e uma escola de samba se aproxima e não há confete nem serpentina e setecentas pessoas paradas numa arquibancada na avenida carros passistas e nenhum sorriso quem desfila não dança e olha para o relógio ou para um ponto distante de onde se está agora e quem mais se move são os lixeiros com vassouras e é preciso recolher os restos porque daqui a pouco é a vez de outra escola desfilar mas não há samba nem desfile nem escola nem sambistas nem alegria que é apenas uma palavra que poucos conhecem por aqui e estou parado sem sorrir apenas a olhar o que parece velório ou enterro de alguém ou algo que você não sabe quem é foi ou será.

Caminho uma duas três quadras e entro em um salão e é o grande e talvez último show de rock and roll e me entregam uma guitarra e logo estou no palco mas não sei tocar não conheço o repertório e o baterista anuncia um dois três quatro o show começa e não sei o que fazer com a guitarra que está em minhas mãos e esse instrumento está desafinado e preciso tocar e os músicos olham para mim pedindo que eu comece logo porque daqui a alguns segundos será o momento do solo de guitarra do último show de rock da história do rock e eu fui escalado para essa performance mas sequer consigo acertar uma das seis cordas deste instrumento que está desafinado e ligado nas caixas de som em volume elevado e toda a plateia olha para mim.

Queria poder parar esse sonho que não tenho certeza se é sonho ou acontece mas agora estou de novo no volante e não sei dirigir nem sei como o carro ultrapassa outros carros e não bate e em um segundo estou no palco e é o momento do solo e não sei tocar nem afinar e a guitarra está desafinada e toda a plateia com mais de mil pessoas a olhar para mim e tenho de solar e não sei nada de música e outra vez estou na direção de um carro que segue a cada instante mais veloz e acabo de ser arremessado em direção ao seu olho direito e parece que entrei dentro de você furando o seu olho direito e estou a circular na sua massa de sangue.

E caminho não dentro de sua massa de sangue mas sobre águas multiplico pães curo doentes ressuscito mortos anuncio um novo tempo e me querem na cruz mas isso deve ser alucinação sonho e não acontece mas não sei como escapar dos algozes e agora o mar se abre para eu caminhar e tenho outros superpoderes mas carrego em uma das mãos várias contas atrasadas que vencem hoje e não tenho dinheiro para pagar e pergunto de que adianta tantos superpoderes se não consigo honrar dívidas que nem lembro ter feito mas essas pendências estão no meu nome e nem lembro como fui batizado como me chamam qual o significado do meu nome e então tem eclipse.

E tem eclipse no momento em que estou a pilotar um avião mas isso não existe não é sonho talvez seja fragmento de outro enredo porque pilotar aviões não faz parte de sonhos recorrentes nem dos meus temores e o que se repete em meus sonhos são situações em que estou a dirigir um carro apesar de não saber e também sem saber tocar ter uma guitarra nas mãos diante de uma imensa plateia e agora tem eclipse na cidade e todas as luzes se apagaram os semáforos também e os carros precisam circular incluindo o que me encontro e eu não tenho nenhuma noção de como fazer o carro seguir mas o carro segue e as luzes dos prédios e das casas se apagaram e não tem estrelas no céu nem lua porque tem eclipse e agora parece que já é amanhã.

O combustível acaba e o carro que dirijo sem saber dirigir aos poucos para e então começo a caminhar apesar da chuva que me molha e está tudo escuro e passo por ruas que não conheço e parece que é perigoso circular nesta região mas não tenho nada a perder a não ser a minha vida e balas disparadas por armas de fogo quase me acertam e sujeitos me olham e quase me abordam e quase me assaltam e há outras pessoas a correr a gritar a chorar e a verbalizar palavras e frases que não entendo mas que parecem expressar medo e isso parece um pesadelo e eu queria estar na cidade de uns vinte anos que se foram quando era possível caminhar à noite e não havia perigo mas agora é outro tempo e sinto fome sede cansaço e há uma luz acesa perto daqui.

OS HOMENS SEM ALMA

Os homens sem alma circulam em Curitiba. Os homens sem alma caminham pela Rua XV. Os homens sem alma não sabem para onde vão. Os homens sem alma seguem. Os homens sem alma se movem sozinhos. Os homens sem alma também se movimentam acompanhados. Os homens sem alma seguram sorvete em uma das mãos. Os homens sem alma carregam pastas. Os homens sem alma não sabem que não estão na moda. Os homens sem alma não se cumprimentam. Os homens sem alma têm pressa. Os homens sem alma usam telefone celular. Os homens sem alma não têm brilho nos olhos. Os homens sem alma não sorriem.

Os homens sem alma circulam dentro de veículos. Os homens sem alma estão sentados dentro de ônibus.

Os homens sem alma estão em pé dentro de ônibus. Os homens sem alma seguem sentados ou em pé dentro de ônibus. Os homens sem alma estão dentro de automóveis. Os homens sem alma dirigem automóveis. Os homens sem alma estão no banco de passageiro de automóveis. Os homens sem alma estão nas poltronas de aviões. Os homens sem alma também circulam dentro de trens e metrôs. Os homens sem alma puxam carroças que levam papel. Os homens sem alma pedalam bicicletas. Os homens sem alma estão em movimento.

Os homens sem alma também estão parados. Os homens sem alma estão atrás dos balcões. Os homens sem alma estão diante de balcões. Os homens sem alma estão em salas com ar-condicionado e frigobar. Os homens sem alma dão ordens. Os homens sem alma recebem ordens. Os homens sem alma contam dinheiro. Os homens sem alma acumulam dinheiro. Os homens sem alma gastam dinheiro. Os homens sem alma produzem produtos sem utilidade. Os homens sem alma comercializam produtos sem utilidade. Os homens sem alma compram produtos sem utilidade. Os homens sem alma assinam papéis. Os homens sem alma trituram papéis. Os homens sem alma pintam papéis. Os homens sem alma negociam papéis. Os homens sem alma têm papéis.

Os homens sem alma habitam Curitiba. Os homens sem alma vivem em casas. Os homens sem alma moram em apartamentos. Os homens sem alma se acomodam em pensões. Os homens sem alma descansam os corpos em casebres. Os homens sem alma também pernoitam embaixo de marquises. Os homens sem alma se hospedam em cinco estrelas. Os homens sem alma atravessam a madrugada em bancos de praças. Os homens sem alma se escondem em favelas. Os homens sem alma se protegem em condomínios. Os homens sem alma repousam na terra. Os homens sem alma se alojam no concreto. Os homens sem alma estão dentro e fora de quatro paredes.

Os homens sem alma tentam se comunicar. Os homens sem alma falam. Os homens sem alma gritam. Os homens sem alma discutem. Os homens sem alma sussurram. Os homens sem alma gemem. Os homens sem alma cantam. Os homens sem alma ensaiam discursos. Os homens sem alma escrevem. Os homens sem alma desenvolvem prosa. Os homens sem alma cometem versos. Os homens sem alma redigem textos publicados em jornais, revistas e livros. Os homens sem alma encaminham memorandos. Os homens sem alma produzem e enviam cartas. Os homens sem alma mandam e-mails. Os homens sem alma gesticulam. Os homens sem alma não se entendem. Os homens sem alma calam.

Os homens sem alma fazem guerra. Os homens sem alma têm estratégias. Os homens sem alma sugerem dizer a verdade. Os homens sem alma mentem. Os homens sem alma elaboram armadilhas. Os homens sem alma caem em armadilhas. Os homens sem alma tergiversam. Os homens sem alma iludem. Os homens sem alma se deixam iludir. Os homens sem alma disfarçam. Os homens sem alma idolatram miragens. Os homens sem alma se embriagam de miragens. Os homens sem alma se envaidecem. Os homens sem alma colidem. Os homens sem alma ferem. Os homens sem alma se ferem. Os homens sem alma são feridos. Os homens sem alma adoecem. Os homens sem alma morrem. Os homens sem alma raramente se curam. Os homens sem alma perdem.

Os homens sem alma amam. Os homens sem alma seduzem. Os homens sem alma namoram. Os homens sem alma oferecem presentes. Os homens sem alma recebem presentes. Os homens sem alma sentem prazer. Os homens sem alma casam. Os homens sem alma tocam a eternidade. Os homens sem alma se reproduzem. Os homens sem alma beijam o asfalto. Os homens sem alma são monogâmicos. Os homens sem alma flertam. Os homens sem alma sonham. Os homens sem alma às vezes são polígamos. Os homens sem alma descasam. Os homens sem alma precisam de prazer. Os homens sem alma são afetuosos. Os homens sem alma odeiam.

Os homens sem alma vão ao cinema. Os homens sem alma perdem o pôr do sol. Os homens sem alma se alimentam em lojas de conveniência. Os homens sem alma furam os sinais vermelhos. Os homens sem alma leem Jorge Reis-Sá. Os homens sem alma gostam de Fórmula 1. Os homens sem alma apostam na Mega-Sena. Os homens sem alma ficam em silêncio no elevador. Os homens sem alma temem o futuro. Os homens sem alma emitem perdigotos. Os homens sem alma não sabem o que fazer com o legado de Elvis Presley. Os homens sem alma não sabem mas estão na quarta guerra. Os homens sem alma não vivem sem internet. Os homens sem alma perseguem a fonte da juventude. Os homens sem alma não resistem a uma canção como *Let it be*.

Nós, os homens sem alma.

Pra quem busca uma nova vida
(ou Cinco meses em
Porto Alegre)

Cheguei em Porto Alegre no final do ano passado. Deixei para trás Curitiba, a casa dos meus pais, uma carreira profissional apontada como promissora e uma relação. Aluguei apartamento na Rua da Praia, próximo à Usina do Gasômetro. Dinheiro para sobreviver por seis, sete meses — até mais. Até lá, preciso de um emprego. Qualquer um. Procuro todos os dias. Não que desanime. Mas cansa andar de um lado para o outro. Hoje, por exemplo, está quente. Faz muito calor por aqui. É final de janeiro, mês em que vi alguns de meus planos ruírem.

Pela primeira vez, em mais de três décadas, não passei o *réveillon* diante do mar. Iniciei o ano na capital gaúcha. Diante do Guaíba. Em vez de espumante, cerveja. Cachorro-quente como ceia. Vim em busca não sei exatamente do quê. Havia uma possibilidade de nova vida a dois. Era paixão? Acabou em menos de trinta dias. Mas isso não tem tanta importância. Gosto da cidade. É preciso viver. Havia chance de um emprego. Meu conhecido morreu. As outras poucas pessoas que conheci em outro contexto agora me evitam. Vou até onde elas atuam. Sou barrado. Na recepção. Frequento locais que elas frequentam. Talvez, eu tenha me tornado invisível.

Caminho pelo centro de Porto Alegre. De manhã. E de tarde. Só não saio a pé de noite. Mas, durante o dia, até quando chove eu circulo. Principalmente pela Rua da Praia. Ando em meio a anônimos. Almoço em restaurantes do centro, também em meio a desconhecidos. No fim da tarde, depois de procurar emprego, e de não ter conseguido, corro pela beira do Rio Guaíba. Da Usina do Gasômetro até o Estádio Beira-Rio, e volto. Tenho visto o sol se pôr diante do rio-mar.

Eu tinha muitas oportunidades em Curitiba. Lá, havia construído uma carreira: eu era uma espécie de grife no mercado da comunicação. Troco ideias por dinheiro. Ou melhor, palavras por dinheiro. Meus textos, mesmo os curtos, passaram a ser bem remunerados. De comercial para tevê a catálogo para empresa de qualquer setor. De livro a ser assinado por outra pessoa até slogan para campanha política. De letra de canção popular a nome para produto de limpeza. Entrevista, reportagem, resenha de livro, roteiro. Quanto pagam? Qual o prazo? Metade na hora da encomenda, o resto na entrega. Em dinheiro. Pude comprar estadas em outras capitais, muitos CDs, fins de semana em praias do Nordeste, vários livros, intervalos em montanhas. Havia sido aprovado para um curso de pós-graduação antes de abandonar minha vida no Paraná. Viajei sem avisar. E, agora, vivo sozinho — e isolado — em Porto Alegre.

Tenho ido a bares. Escuto e vejo bandas. Também vou beber e olhar o que se passa na Cidade Baixa. Vejo filmes nas salas de cinema da Casa de Cultura Mario Quintana. Conheci algumas mulheres, mas lembro daquela que ficou em Curitiba. Até voltei de carona com uma gaúcha. Mais de uma vez. No entanto, circulo de táxi pelas noites. Numa dessas, peguei um perto do Sargent Peppers, na Rua Dona Laura. A corrida custou 10 dinheiros. Entreguei uma nota de 50. O taxista alegou que eu havia entregado uma de 5.

Houve discussão. Me expulsou do carro. E fiquei, algum tempo, parado, na porta do prédio.

Antes de vir para cá, ouvia o álbum *Cena beatnik*, do Nei Lisboa, e ficava a sonhar: como seriam os domingos porto-alegrenses? Nas manhãs de sol, ou pelo menos quando não chove, estou no Parque da Redenção. No brique. Coisas velhas, artistas, coisas novas, quitutes, coisas nem velhas nem novas, pessoas pra lá, pessoas pra cá. Almoço qualquer lanche. Ou em churrascaria. E lembro dos churrascos na casa de meus pais. De tarde, quando tem jogo, vou aos estádios. Prefiro o Olímpico. Mas também frequento o Beira-Rio. E fico a recordar da Arena da Baixada. Às vezes caminho pelas ruas de algum bairro. Se chove vou em algum shopping. Ou fico no apartamento: olhando as paredes.

Eu poderia usar o tempo livre para escrever. Em Curitiba, em meio a compromissos, encomendas e urgências, alegava falta de tempo para realizar um projeto literário. Aqui, tenho 24 horas disponíveis, mas fico a pensar de que maneira poderia conseguir uma ocupação remunerada. Ou me imagino pelas ruas de Curitiba. Caminhando pela Rua XV. Ou na Praça Santos Andrade. Nas imediações da Reitoria. Ou no

Mercado Municipal. Não consigo iniciar uma frase em Porto Alegre. Não tentei. Mas me sinto incapaz. Ao menos leio. Os jornais. E os autores gaúchos. Dos clássicos aos contemporâneos. Gostaria de um destino como o do personagem do conto *Dançar tango em Porto Alegre*, do Sergio Faraco. Ou mesmo de qualquer outro personagem da ficção dele.

Estou em Porto Alegre mas parece que não. Não consigo falar como se fala por aqui. Já provei churrasco em todas as churrascarias, mas continuo com a impressão de que a carne assada em Curitiba é mais saborosa que a daqui. Dizem que o melhor churrasco do Rio Grande do Sul é o feito em casa. Mas deste não provei — e possivelmente não experimentarei. Não fiz nenhuma amizade. Os vizinhos mal olham para mim.

Passei o carnaval em Florianópolis. Em uma praia do litoral norte. E foi nesse veraneio, menos de uma semana, o período em que mais conversei com gaúchos e gaúchas. Havia muitos deles, e delas, por lá. Com chimarrão e *Zero Hora* na beira-mar. Nos restaurantes. Nos passeios de escuna. Nas mesas de bar. No Mercado Público. Nas praias do sul da ilha. Nos engarrafamentos. Nas filas dos caixas eletrônicos. Mas foram apenas breves alôs. Oi. Tchau.

Voltei para a capital gaúcha, e o tempo passou. Fevereiro. Março. Abril. Maio. Fiz, e faço, economia. Mas o dinheiro vai. Foi. Quase tudo. Tive gastos inesperados. E também viajei pelo interior do Rio Grande do Sul. Passei a frequentar a rodoviária de Porto Alegre. Muita gente. Ônibus a chegar. Ônibus a sair. Um dia, comprei um bilhete. Ao acaso. Destino: Alegrete. Depois, Cruz Alta. Pântano Grande. Rio Pardo. Santa Maria. Bagé. Hotéis, restaurantes, tempo livre, contemplação. Mas não deixava de lembrar de temporadas em cidades do interior do Paraná. Carnaval em Londrina. Páscoa em Foz do Iguaçu. Final de semana em Maringá, Guarapuava, Rio Negro. De novo em Porto Alegre, e lá estava eu em busca de emprego, em meio à multidão no centro da cidade — de onde eu não queria, e parecia não saber, sair.

Passei a fazer passeios de barco pelo Rio Guaíba. No retorno, a cidade, com seus prédios, despertava algo em mim. Não sei o quê. Novamente em chão porto-alegrense, outras sensações surgiam. Também não consigo precisar, ou nomear, o quê. Aos poucos, já não saía mais, todos os dias, em busca de emprego. Insisti, até demais, em alguns lugares. E, com a passagem dos dias, ficou evidente: não havia vaga para mim.

Comprei a passagem. Já estou dentro do ônibus. Não dormi desde ontem. Há dias me desfiz da mobília. Paguei as dívidas. Sigo com a roupa do corpo e uma mala de mão. Levo algum dinheiro no bolso. Hoje, não comi nada. Nem pretendo. Não vou descer do ônibus nas paradas durante o trajeto. Não quero pensar. Nem que tentei iniciar nova vida. Não pretendo lembrar. Nem esquecer. Nem dormir. Nem calcular o que perdi. Nem planejar o que possa vir a ganhar. Só quero olhar pela janela.

A previsão do tempo anuncia céu azul e temperatura amena para daqui a onze horas.

No outono da capital paranaense.

ALI, AGORA

No tempo em que havia ingenuidade, havia alegria. Uma sensação era dependente do outro estado? O quê? Caminha pelas ruas da cidade. Faz frio. É preciso usar moletons. Ou jaquetas. Gorro também. Trabalhar, ainda, não é algo obrigatório. Segue, deslumbrado, a ver vitrines. A desdenhar estabelecimentos comerciais. A jurar que nunca fará isto nem aquilo. Nem a pau. Conta as moedas. Pode, no máximo, beber uma xícara de café. Depois, devolver e emprestar livros. Na Biblioteca Pública. E, talvez, quem sabe, caminhar mais uns passos pela Rua XV. E tudo isso deve e vai ser bom. Muito bom.

Nenhuma, ou pouca, experiência. Mas tem a juventude Cabelos escuros. Pele nova. Saúde, muita saúde. E vontade. Para tudo. E tudo, ou nada, por vir. Vai encontrar, daqui a alguns dias, o mestre. Não sabe disto. Já recusou alguns. Já recuou outras vezes. Agora, é jovem ainda, mas intui que precisa caminhar. Até quando a família vai dar uns trocos? Nas noites de sábado, muita cerveja. Outras aos domingos. E mais algumas nos feriados. Poderia beber segunda, terça, quarta, quinta e sexta. Mas vive sóbrio durante os dias úteis. Ensaia os passos do futuro cidadão que todos querem ver e cumprimentar. Os vizinhos cumprimentam e, entre eles, se perguntam: aonde ele vai? O que faz todos os dias? Por que carrega tantos livros? Virou professor? Não, não pode ser. Olhe as roupas. A vida parece ser no futuro. Mas está sendo ali, agora.

O mestre aparece. E não havia, não há, como evitar. O que também não se pôde adiar foi a ocupação remunerada. Era um problema em casa. Gostar do que se vai fazer importava, importa, pouco. Mas e as tardes azuis da cidade? Serão vistas, a partir de então, pela janela de um escritório. E os passeios pelas ruas, praças, bairros? Terão de esperar. Pelos fins de semana. Ou feriados. A não ser que o trabalho seja ir e vir, levar e trazer, por exemplo, papéis. Mas não. O trabalho, ah, o trabalho talvez não mereça nenhuma linha. Ou merece? E seria, justa e exatamente, por meio do mestre que se abririam as portas do primeiro emprego. As atuais, as do segundo, também. E as do terceiro? O mestre iria sumir. Em breve.

Ele tinha, desde muito, o gosto pelo deboche. E a convivência com o mestre ampliou nele e no próprio mestre — ainda mais — a arte. De falar mal. Dos outros. E deles mesmos. Não havia nada premeditado. Bastava que se encontrassem. Havia, sim, talvez, um jeito de, simplesmente, ver e apontar o que estava, está, ali. Como aquele garoto, daquela fábula: está nu, ninguém vê? Isso. Talvez ambos fossem, apenas, garotos. Garotos a rir. De tudo. E de todos. Garotos a viver. E a rir da vida. Mas quem tinha, e ainda tem, vida, por longo tempo, é apenas ele. O mestre vinha fumando, ininterruptamente, há, pelo menos, meio século. E não deixaria de tragar nem mesmo no leito de uma UTI. O câncer chegou, se alojou e se multiplicou pelo corpo do mestre.

As sessões de radio e quimioterapia tiraram a fome, a saúde e muitos quilos do mestre. Era difícil até se locomover. Apesar disto, no final de um dia frio, um passeio em um shopping center. Ele caminha devagar ao lado do mestre. Havia, depois de muito tempo, e por caminhos inacreditáveis, algum dinheiro extra. Mas nada os atraía nas vitrines daqueles corredores. Até que chegam à praça de alimentação. Ali, cores, cheiros. E muita comida. O mestre parou em várias daquelas lojas. Comprou sanduíche, pastel, macarrão chinês, carne assada e bolo. Ele carregava sacolas, enquanto o mestre caminhava e olhava ao redor. Havia muita gente, mais de cem pessoas, consumindo comida. Saíram do shopping center. O mestre queria fumar. Agora, cada um iria para a sua casa. Ele sabia que o mestre, apesar de querer, não conseguiria ingerir. Nada. O mestre poderia, apenas, olhar. Para aquele sanduíche. Para aquele pastel. Para aquele macarrão chinês. Para aquela carne assada. E para aquele bolo. O mestre precisava se lembrar de como era o gosto. E como era gostoso comer cada uma daquelas coisas.

O tempo era, e é, contado. Era, e continua sendo, de certa forma, curto — mesmo quando havia, e há, a sensação de eternidade. O convívio dele com o mestre pode ser resumido em palavras. Comentários inesperados. Pouco policiamento com o discurso. E nenhum compromisso profissional. Apenas vazão.

Fluxo. De palavras. Ao redor de uma mesa. Em algum lugar público. Até no interior de um carro, ou de um táxi. E aquilo tudo parecendo não ter fim. Risadas que surgiam sabe-se lá de onde. Mentiras que se tornaram verdades. Lendas.

Ele e o mestre como vendedores em uma feira. O mestre dá um cavalo de pau com seu automóvel para fazer o último ônibus esperar por ele. O mestre telefona para um hotel mil quilômetros distante, onde ele foi se encontrar com o destino. Quase tudo — como já foi dito —, apenas palavras. Mas bate-papos que transformavam — transformaram. Até, e sobretudo, quando era brincadeira. Como foi com aquele sujeito que não dizia não. Tal livro uruguaio? Havia lido. E o filme iraniano? Conhecia. Uma rara sinfonia de um compositor sueco? Sabia até executar alguns trechos. Numa tarde, ele e o mestre combinaram. Iriam citar obras e autores inexistentes. O sujeito, sem falhar, apareceu. Questionado, confirmou conhecer. Tudo e todos. E fizeram do método, a partir de então, a regra para o convívio com o sujeito. Talvez, o sujeito desconfiasse. E os encontros com o sujeito se revelaram muito agradáveis.

O mestre era, e ainda é, cada vez mais reconheci-do. Como escritor. Dos bons. Por outros autores. E pela crítica. Pelos locais. E também no resto do país. Ele sabia, e sabe, disto. Mas, durante o convívio, ele e o mestre pouco conversavam sobre os segredos, os deta-lhes, enfim, como se dá a escrita. Falavam sim a res-peito de outros autores, outros livros e, principalmen-te, outros temas. Isso que se chama vida parecia ser mais urgente. Ele, depois de um tempo, passou a en-caminhar as crônicas do mestre para o jornal da cida-de. Havia lido quase todos os livros do mestre. Ele es-tava começando a escrever. E, uma única vez, mos-trou um de seus textos. Passados poucos dias, o mestre fez muitas observações. E aquilo se revelou, e ainda é, a única, mas a grande aula.

No entanto, o aprendizado, para ele, seria, mais do que sobre a escrita, e além da vida, a respeito do final da existência. Um câncer derrotou, rapidamente, aque-le homem com mais de 60 anos. E ele acompanhou toda essa fase. Diariamente. Viu o mestre perder peso. Viu o mestre perder cabelos. Viu o mestre perder a barba. E presenciaria o mestre quando a ruína se fez presente. Ele, por diversas circunstâncias, não acompanhou parentes em fases terminais. E, então, estaria a ver o mestre, que se tornou amigo, desaparecer. Seria uma aula, também, sobre a impotência humana. Havia dinheiro para a medicina. Remédios havia. Mas não havia como remediar aquele avanço fatal — irreversível. Ele sequer cogitou que, em pouco tempo, o mestre não estaria mais por ali. E, de repente, era como se, numa noite, o mestre tivesse entrado em um avião. Com passagem apenas de ida. Para um destino remoto. Sem contato. Nem comunicação. E, justamente, numa noite, o mestre recebeu o bilhete. A última passagem.

Um. Dois. Três. Quatro. Quantos anos se passaram desde que o mestre sumiu? Às vezes, ele se lembra, inesperadamente, do amigo que se foi. Ao caminhar pela Rua XV. No Mercado Municipal. Em alguma praça da cidade. Ou em uma rua, qualquer, de Curitiba. Recorda. Da noite do velório. Da tarde do enterro. Mas, sobretudo, de quando conversavam. Da alegria. Dos encontros. O mestre não pôde ver, nem ler, os avanços, mínimos, mas conquistas, que ele empreendeu no texto escrito. O mestre também não está mais para ouvir, por exemplo, relatos de viagens que ele fez. Foi conferir cenários que o mestre garantiu insuperáveis. O mar de Bombinhas. O fim de tarde no Leblon. As madrugadas de Patos de Minas. O sol a nascer nos Pampas. E, principalmente, o que ele mesmo já sabia: a luz dos dias de outono desta Curitiba que se modifica mas, ainda, traz ecos daquela — a que o mestre habitou, leu. E traduziu. Em palavras.

Este livro foi composto na tipologia
Electra LH Regular, em corpo 12/18, e impresso
em papel off-white 90g/m⁻ no Sistema Cameron
da Divisão Gráfica da Distribuidora Record.